梶谷和恵 詩集

朝やけ

コールサック社

詩集　朝やけ　目次

Ⅲ　車窓の夕暮れ

Ⅳ　願うこと

詩集

朝やけ

梶谷和恵

Ⅰ　朝やけ

朝やけ

どうしよう、
泣けてきた。
昨日は　続いている。

雪

雪は、
そこに「ある」景色よりも早く、
景色をつくる。

ほら、また、
ここに。

桜が咲いた

約束した。
そして、
約束を果たした。
無関心を装い、
そのくせ、
ひとすじに。

おかあさん

私を包む世界と
私を含む世界と
私が抱く世界の
その　はじまり。

恋から愛への間

時々、胸がいっぱい。
けれど、
信じている。
もといい、
信じたい。
意思の力で。

成長か、喪失か

「わからない」

と、言えなくなった。

いつからだろう？

猫の昼寝

そのままで
このままで
居る。

止まらずに
居続ける。

すずむし

草むらがあり、
地面があり、
秋風があり、
夕暮れがある。

その　全てを、
思い出させてくれる。

みかん

みかんがある。
ポトンといる。
そこに。

いつからなのか。
いつまでなのか。
黙りこくって
びくともしない。

みかんがある。

ポトンといる。
そこに。

飾らなくていい。
急がなくていい。
頑張らなくても
こんなに
みかん。

Ⅱ　青い青い空を見たい

幸せであるために

幸せであるために。
私が
私で
いるために。

今日の空がとても青かったことを
忘れないで、
覚えておこう。

いつか雨が降り出した日に、

きっと
また
いつか
晴れる日がくることを、
信じることが
できるように。

雨のち晴れ

匂…
匂
雫
匂
雫
雲
雲
雫
雫
雫

…雨？

雨！

雨

雨

雨

傘

傘

雨

傘

雨

雨

雨

雨

雨

雲

響 響 響 声 声 熱 熱 雲 熱 光 光 光 空 光 雫

……光！

水たまり

雨が降り、
雨が降り、
空と結ばれた地面に、
もう一つの空ができた。

主観と客観の狭間

空が青い。
空が青く見える。
空が青く見える私がいる。

その
どれだろう、と思う。
目に映るのはただ、
青い
空。

三十センチの空

いつだったか、むかし。
私と鉄棒の間に
三十センチの空があった。
手をのばしても
背伸びしても
思い切りジャンプしても
その空を埋めることはできなかった。

昨日も
今日も

梶谷和恵詩集『朝やけ』栞解説文

鈴木比佐雄

コールサック社

2019

この世に存在することの不思議さと「ほんとうのこと」
――梶谷和恵詩集『朝やけ』に寄せて

鈴木比佐雄

島根県出雲市に暮らす梶谷和恵氏が第一詩集『朝やけ』を刊行した。若い頃から一人で自分らしい表現を模索して詩を書き続けてきたそうだ。それは自己の感受性の在りかを自己が検証しなければ済まない衝動を抱え込んでいて、詩を書かなければならない宿命を背負っていたように感じられる。梶谷氏の詩の特徴は、この世に存在することの不思議さからの感動や、家族や他者との関係で感じた真実、「ほんとうのこと」などを、誰よりも率直に自分の言葉で語ろうとする純粋さが、詩行やその行間から溢れ出てくるところだ。

詩集『朝やけ』はⅣ章に分けて三十七篇が配列されている。Ⅰ章「朝やけ」は九篇のうち八篇が短詩である。世界の在り方を凝縮したような魅力的な作品で、世界の事物と触れ合うことが本来的には感動に満ちていることを想起させてくれる。冒頭の「朝やけ」はその中でも優れた短詩であり、多くの人びとに多様な「朝やけ」を想起させるだろう。

〈朝やけ〉
どうしよう、／泣けてきた。／／昨日は　続いている。

この三行詩は詩であるが、世界に広まっている世界俳句的な三行詩とも言える。偶然かも知れないが最小の詩の形式を作り出している。「朝やけ」に遭遇しなぜだか理由がはっきりしないが、その美しさに感動してきた。その際に「どうしよう」という言葉にならない言葉が呟かれた。そして自然に「泣けてきた。」のだろう。「朝やけ」に感動し涙を流すことが、梶谷氏にとって生きることの原点であり、そのような「朝やけ」に感動し、この世に存在する不思議さに感動する

「昨日は　続いている。」のだ。他の八篇もじっくり読むと「雪」、「桜」、「おかあさん」、「恋と愛」、「成長と喪失」、「猫」、「すずむし」、「みかん」などの存在する意味が新しい意味を与えられて生まれ変わるように思われる。例えば詩「恋から愛への間」では、「時々、胸がいっぱい。／けれど、／信じている。／もとい、／信じたい。／意思の力で。」のように、「信じたい」と願う張り詰めた想いを、「意思の力」だと言っている。つまり恋愛には好き嫌いだけでなく、秘めた双方の引き合う「意思の力」が大切だと語っている。

Ⅱ章「青い青い空を見たい」九篇では、日中の「青い空に」恋焦がれる詩篇が集められている。垂直的で存在論的な内容がとても分かりやすいイメージと言葉で紹介されている。その中から詩「青い青い空を見たい」を引用する。

〈青い青い空を見たい〉

青い青い空を見たい／どこまでも青が青のまま／
続いていくことが何の不思議もないような／青い
青い空を見たい。／／私が今立つ場所を大地だと
言うとき／私を私だと教えてくれる空を。／／青
い青い空を見たい／どこまでも青が青のまま／続
いていくことが何の不思議もないような／青い青
い空を見たい。

すべての思いを振り払って無心でひたすら快晴の「青い青い空を見たい」という願いから作られた詩だ。心が真っ青に染まる経験を梶谷氏は、子供のころからしていたに違いない。その青空経験は、「私を私だと教えてくれる空」なのだと言う。そんな本当の青が染みわたる青空を知っているから、嵐や暴風雨などの悪天候にも耐えられるのだと暗示しているのだろう。

Ⅲ章「車窓の夕暮れ」八篇は家族の詩篇でありながら、実は善悪を超えて生きる存在者の悲しみや喜びを刻んでいる。その中でも詩「ほんとうのこと」は、愛する祖父のことについて胸を抉るかのように祖父の「ほんとうのこと」という真実を書き残している。

〈ほんとうのこと〉

私のおじいちゃんは／人を殺しました。／長い、固い、重い銃を／人に向けて／命に向けて／引き金を引きました。／何度も引きました。／いくつかの命の最後を／おじいちゃんが　決めました。／／私はおじいちゃんが好きです。／（略）／戦争をした人が／もっといやな人なら、良かった。／あんなに頼りなく／ひょろひょろの足で立ってるんじゃなくて／低くて静かで穏やかな声で話なんかしなくて／もっともっと／恐ろしい恐ろしい恐ろしい／涙なんか／持っていないような人なら、／良かった。／／私のおじいちゃんは／人を殺しました。／私はおじいちゃんが／好きです。／／私は、人を殺したかも、しれない。

「私のおじいちゃんは／人を殺しました。」から始まるこの詩は、普通の心優しき存在であっても、戦争では人殺しをしてしまうことの恐ろしさを伝えている。それは祖父の戦争責任であったとしても、孫の梶谷氏はどこかで祖父の責任感や悲しみを理解したいと考えている。また人は時に国家の命令で人殺しをしてしまう存在でもあるということを冷徹に受け止めていて、祖父のような徴兵によって殺人者にさせられる国家の戦争犯罪の恐ろしさを指摘している。

Ⅳ章「願うこと」十一篇は時間を生きることの意味を様々な観点で物語り、希望や「あした」につなげている詩篇だ。最後に詩「願うこと」を引用する。

〈願うこと〉

やわらかに／やわらかに　ある／こころの　まんなか。／／おおきな　そろばんや／ななめの　ほうちょうや／うしろの　かくせいきに／ぼやけることなく／／そこに／いて。

このような人間に最も大切な「願うこと」を日常の中に発見して、突き詰められた言葉で組み立てられた梶谷氏の詩篇を、多くの人びとに読んで欲しいと願っている。

おとついも
頑張ったね
努力したね
でも、
できなかったね。

そしていつだか
私は忘れていった。
背伸びした自分と
こぼれた溜息、
幼かった、あの日々のことを。
夏の日差しが痛い、ある日。
私は庭の隅っこに

古びた鉄棒を見つけた。
近づいた。
でも、そこに
三十センチの空は、なかった。

今。
私は手にいれた。
三十センチの空を。
努力でなく、
頑張りでなく、
時の中で。

空を見上げていたら

屋根に登って
寝ころんで
ふと見上げた空を
ずうっと見ていた。
延々と延々とつながる空の中で
私の見上げていたほんの端っきれの空は
やはり
とても、遠くて。
私は
小さくて。

雲は
流れて。
私は
そのままで。
ただ、ずうっとずうっと
空を見上げていたら――

私は今、ここにいて。
私はある時ここにいなくて。
空は今、ここにいて。
空はずうっとここにいて。
私の目がいくらこらして空を見ても
空の端っこを見つけることはできずに
空は一回瞬きをして
私の全てを包んでしまう。

大きな
大きな
流れの中で

大きな
大きな
うねりの中で

小さな
小さな
私の

小さな
小さな

命は

今、
ひっそりと
ひっそりと
息を　している。

青い青い空を見たい

青い青い空を見たい
どこまでも青が青のまま
続いていくことが何の不思議もないような
青い青い空を見たい。

私が今立つ場所を大地だと言うとき
私を私だと教えてくれる空を。

青い青い空を見たい
どこまでも青が青のまま

続いていくことが何の不思議もないような
青い青い空を見たい。

からっぽ

からっぽになって
軽くなった体で
空の中を転がりたい

考えることがあっても
考えるものにとらわれることはなく

選ぶことがあっても
選ぶものに心を削ることはなく

名前をつけて
その中に安住するのでなく
つけられた名前の
その外側にはみだしていくものを
自分の呼び名にしよう

からっぽであることの自由
からっぽであることとのやさしさ
からっぽであることのエネルギー
からっぽであることの、はじまり。

からっぽになって
軽くなった体で
空の中を転がりたい

この大地で

夕焼け雲は、星を待っていた。
星は、月を待っていた。
月は、早起きのにわとりを待っていた。
にわとりは、お日さまを待っていた。
お日さまは、畑を耕す人間を待っていた。
人間は、仕事の終わりを
　　夕焼け雲から待っている。

みんな、待っている
みんな、望んでいる

みんな、この、大地で。

Ⅲ　車窓の夕暮れ

車窓の夕暮れ

夕暮れの光が
農村に深い影を与える。

無口な風景の中に
一つの哀しみを孕ませる。

家々に灯っていく明かりが
指し示す
息吹と、
息遣い。

通過する景色の、
連続を
知る。

記憶

おぶってもらった背中が
大きくて頑丈で広くてびくともしないから、
だから私は何の心配もなく
気持ち良くおしっこをしました。

海水浴に出かけた岩場の海で
波に揺れて流されそうで
浮き輪をしっかり握ってくれる手が離れないよう
ずっとずっと目を凝らしていました。

叱られたことに口応えをして
次の瞬間、平手打ちがとんできて
「体罰は暴力だ」と泣きながら言い返し
だまりこんでいく顔を、見て見ぬふりしていました。

連日夜中まで会社で働いていたら
「何時まで働かせるんだ」と上司に電話をかけられ、
恥ずかしさと困惑と、でも少しうれしくもあり、
どうしていいかわからないでいました。

結婚式の披露宴で並んで歩き、
こんなに背が低かったっけと思い、
読んだ手紙で目を真っ赤にしている顔が
何重にもぼやけて見えました。

近所の人にお願いする田んぼが増える中、
奥の3枚の田んぼだけは自分でやるんだと
黙々と田植え機や稲刈り機を動かしている
その後ろ姿を、目に焼き付けておこうと思いました。

この記憶が、
断片のまま、そこかしこに転がっている
これらの記憶が、
どうか、
年々死滅する脳細胞の数に負けず、
私自身が終了してしまうまで
私の記憶であり続けますように。

そのことを、
強く

強く
神様と仏様と天地の諸々にお願いしたいと
そう
思いました。

母

三年前、二番目の妹が生まれて
私の妹が一人増えた
お父さんは
朝からそのことばかり話していたけど
私は素直に笑えなかった
なぜなのか…
私が一歳のたんじょう日をむかえて
初めて妹が生まれたとき
妹は
母を一人じめしてしまったから

母は妹ばかり見ていたから
だからこの時も笑えなかった

あれからもう三年
私の母は
あいかわらず妹のそばにいるけれど
母の目には
私と真由美と桂子の三人が映っている

雪降る畑

最近は野菜が高くて困る、と私が言ったから、
母は、ねこぐるまを押して、
雪の降る畑に出て行った。
最近なかなか動かんようになった、と言っていた
震える足を引きずって、
母は、雪の降る畑に出て行った。

今日は寒いからいいよ、
あったかくなるまで、大根は土の中で寝かせればいいよ、
と何度も言ったのに、

母は、雪降る畑に出て行った。
私が、野菜が高くて困る、と、言ったから。
ねこぐるまを押して、大根をとりに。
母は。

白い、白い、雪が降るよ。
畑に、山に、田んぼの中に。
私を育てた、この家に。

お母さん。

いのち

おじいちゃんは　鼻をかむ。
大きな音をたてて鼻をかむ。
生きている勲章のように鼻をかむ。

生きていることのかっこ悪さや
だらしなさ
まぬけな部分とか
恥ずかしいところとか
そういうことを全部引き受けて
「まぁ、ぼちぼちやるだわね。」

おじいちゃんは　鼻をかむ。

ほんとうのこと

私のおじいちゃんは
人を殺しました。
長い、固い、重い銃を
人に向けて
命に向けて
引き金を引きました。
何度も引きました。
いくつかの命の最後を
おじいちゃんが　決めました。

私はおじいちゃんが好きです。
何かしてあげると、すぐ
「ありがとう。」
という、おじいちゃんが好きです。
少し大人ぶって話をする私に
最後までつきあってくれる、おじいちゃんが
好きです。

好きだから。
好きだから。
よけい
怖いです。

戦争をした人が
もっといやな人なら、良かった。

あんなに頼りなく
ひょろひょろの足で立ってるんじゃなくて
低くて静かで穏やかな声で話なんかしなくて
もっともっともっと
恐ろしい恐ろしい恐ろしい
涙なんか
持っていないような人なら、
良かった。

私のおじいちゃんは
人を殺しました。
私はおじいちゃんが
好きです。

私は、人を殺したかも、しれない。

ブンキ　テン

ゴキブリ
ヲ
コロシタ
ワタシ

ネコ
ヲ
ダイタ
ワタシ

カミナリ
ニ
ミミヲフサイダ
ワタシ
スズムシ
ニ
ミミヲスマシタ
ワタシ

ワタシ
ノ
ナカノ
ナニガ

モノゴト
ヲ
ワケテイル
ノダロウ
？

思い出すこと

目が覚めて、
思い出した。

昨日眠ったこと。
今まで眠っていたこと。

その間の記憶をなくし、
小さく生まれ変わった
私が今

ここに
いること。

Ⅳ　願うこと

続く

何が終わっても
何が終わらなくても
世の中は、
続いていくんだ。

「覚悟」が、
あっても
なくても
続くこと

そのことこそが。

自然の
約束。
自然の
動脈。

願うこと

やわらかに
やわらかに　ある
こころの　まんなか。

おおきな　そろばんや
ななめの　ほうちょうや
うしろの　かくせいきに
ぼやけることなく

そこに
いて。

対象の悲しみ

愛するものから愛されないのと、
愛するものがないのでは、
どっちが淋しいのかな。

信じるものから裏切られるのと、
信じるものがないのでは、
どっちが辛いのかな。

思い切り投げたボールの先に、
受け止めてくれる人を期待する、

ことを、やめてみる。
空が、笑う。

組織の善悪

あの方がおっしゃるから、灰色は白で。
あの人が話しているから、灰色は灰で。
あいつが言っているから、灰色は黒で。

「何」が正しいのか。
でなく、
「誰」の意思なのか。
それが問題。

泣かないで

泣かないで。
泣かないで。
本当に悲しいことは
今
ここにない。

泣かないで。
ゆがんだ意地悪で
変えられるものは何もない
何も。

泣かないで。
嘆く価値のあることは、
もっと別にある。
変わらない良心の
その
中核に。

消しゴム

消しゴムはちびってゆく。
自分が自分であるために。
少しずつ、少しずつ小さくなってゆく姿が、
つまり、
自分の証明、自分らしさ。

消しゴムはちびってゆく。
黙々と、黙々として。
その姿に何の賞賛や栄光や名誉を贈られなくても
消しゴムは、消しゴムたろうとする。

それは、消しゴムの中の一つの尊厳。
輝かしい、誇り。

希望

静寂と
似てる希望を探してた
そこに「在る」
ただそれだけの

嫌いだ　とは　言わないで

嫌いだ　とは　言わないで
違うのかな　と思ってみる。
私の思う　人間のかたち
あなたの思う　人間のかたち
あわせてみたら　少しだけ
横にはみだしてしまっただけだから。

嫌いだ　とは　言わないで
違うのかな　と思ってみる。
嫌い　という言葉は

いつも　一人で
前にも後にもナナメにも
つれてゆく言葉をなくしてしまう。

嫌いだ　とは　言わないで
違うのかな　と思ってみる。
わからない　とは　言わないで
不思議だな　と思ってみる。

ほらね。
だから
そうすると——
少しだけ
霧が　晴れてゆく。

成長

むかし、自分へ向けて
「がんばれ。がんばれ。」
「負けるな。負けるな。」
だった声援が、
気がつくと
「ここまでは、がんばろう。ここまでは、がんばろう。」
「負けることも、あるけど。負けることも、あるけど。」
――変わってた。

「がんばれ」のいいかげんさと、

「負けるな」の放任主義から、
自分を守ることが
――うまくなったね。

少年よ　大志をいだけ

私がアリなら
落ち葉の舟に乗って
太平洋をわたろう。

私が虹なら
空と地面を
七色の橋で結ぼう。

私がコンクリートなら
ひびわれた地面を

ふさいで歩こう。

少年よ、
大志をいだけ。

まだまだ遠い、
はるかな行く先。

私が雪なら
世界中に
自分の足跡をつけよう。

私がスコップなら
砂漠の真ん中に
大きな落とし穴をつくろう。

私が山びこなら
言えなかった言葉に
ありがとうを添えて返そう。

はるかに続く道を
足もとに。
はるかに続く空を
頭上に。

少年よ、
大志をいだけ。

あした

あしたは牛乳に似ている。
毎日くる。毎日ある。それで安心。
あしたは毛糸に似ている。
きのうをほどいて、くるまれたい。
あしたは影法師に似ている。
一体になれない。でも相棒。
あしたは海底に似ている。

深い不明。遠方にさす、一すじの光。
あしたは三輪車に似ている。
倒れない、きっと。何があっても。

あとがき

口下手で、引っ込み思案な自分自身をもて余し、口にできない思いの丈を確かめるように紙につづり始めたのは、小学生の頃でした。

手探りの子ども時代を過ぎ、試行錯誤の社会人となり、いろいろなものにぶつかりながら、あれよあれよという間に人生も後半戦。その間、大阪文学学校（通信教育部）にひとき学ばせていただきながら、その時々の自分が無造作にこぼしてきたつぶやきを、拾い集めながら紙の上に残してきました。

顧みると、小さな新聞社で記者の端くれでいた頃も、地域づくり団体の皆さんのお手伝いをしている現在も、自分自身を全面に出すというよりは、相対する人の言葉や活動を紹介したり、サポートする役回りでしたので、自分という個をあからさまにしていく過程でもある詩集づくりは、さらされていく未熟な自我にいちいち赤面したり、迷ったり、の連続でした。

それでも、何とかこうしてゴール地点までたどり着けたのは、温かい励ましの言葉を折々にかけてくださったコールサック社の鈴木比佐雄氏をはじめ、日々の自分を辛抱強く支え続けてくれた家族や周囲の人たちの存在があったからに他なりません。

詩の作品は、時間を置いてみると、ふいに別の生き物のように動き出す瞬間があるように感じます。その時々の感情や立ち位置、手触り、匂い、音、色彩、気温、湿度……諸々の条件の雑多な出会いの中で文字に置き換えられたものが再生し、息を吹き返し、何度も「初めまして」と心に触れてくる。

人との距離のとり方に悩んだ十代の頃も、無鉄砲なまま前へ進んだ二十代の頃も、事実と主観の間でゆれた三十代の頃も、時間の有限さを痛感した四十代の頃も、その時々に、傍らに置かせてもらった様々な詩集の言葉に背中を押してもらい、ここまで歩んでくることができました。

今回出版させていただいた詩集『朝やけ』は、若い頃から現在に至るものまでを収録した作品群ですが、手にとってくださった皆様とのご縁をいただけることに、心から感謝しています。

マンションの南側の窓のそばで、このあとがきをしたためています。

遠くから鳥のさえずりが聞こえ出し、空のはしが明らんできました。

窓の外に今日も、朝はやってきました。

二〇一九年　晩秋

梶谷　和恵

梶谷和恵（かじたに　かずえ）

1971年　島根県出雲市（旧平田市）生まれ
1994年　高知大学教育学部卒業

地方新聞社記者を経て、公益財団法人で地域づくり支援業務を担当
島根県出雲市在住

E-mail　kajitanikazue525@ezweb.ne.jp
郵送先　〒173-0004 東京都板橋区板橋 2-63-4-209
　　　　株式会社コールサック社気付

石炭袋

詩集　朝やけ

2019年12月15日初版発行
著者　　　　　梶谷和恵
編集・発行者　鈴木比佐雄

発行所　株式会社 コールサック社
〒173-0004　東京都板橋区板橋 2-63-4-209
電話 03-5944-3258　FAX 03-5944-3238
suzuki@coal-sack.com　http://www.coal-sack.com
郵便振替　00180-4-741802
印刷管理　（株）コールサック社　制作部

＊装幀　奥川はるみ

落丁本・乱丁本はお取り替えいたします。
ISBN978-4-86435-423-3　C1092　¥1500E